A Lily Hudson ~ TM

A Migs y Meddy ~ AB

© 2015, Editorial Corimbo por la edición en español

Av. Pla del Vent 56, 08970 Sant Joan Despí (Barcelona)
corimbo@corimbo.es
www.corimbo.es

Traducción al español Ana Galán
1ª edición octubre 2015

© Tony Mitton y Alison Brown, 2015
Esta traducción de "Snow bear" esta publicada por Editorial Corimbo
por acuerdo con Bloomsbury Publishing Plc.

Impreso en China

Depósito legal: DL B. 7688-2015
ISBN: 978-84-8470-520-8

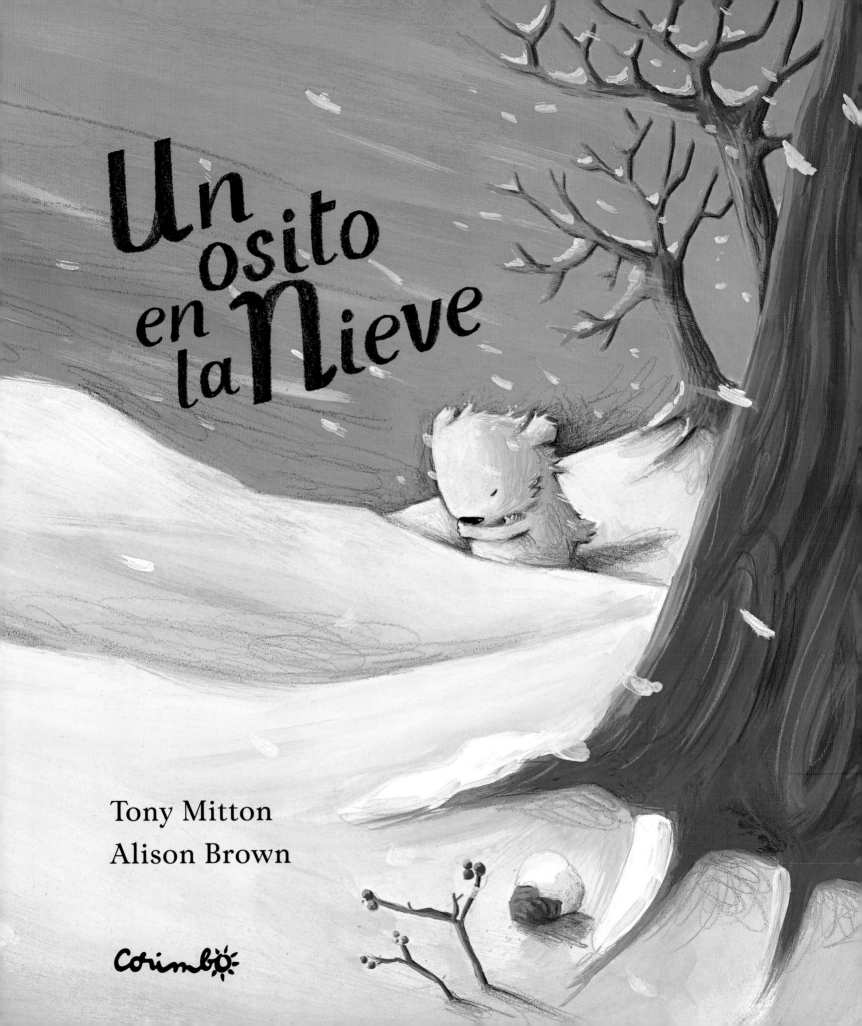

Un osito en la Nieve

Tony Mitton

Alison Brown

Corimbo

Había una vez un osito que salió a pasear
sobre la nieve muy fría que cubría el lugar.
Avanzaba poco a poco e iba dejando pisadas,
y por delante veía la nieve que estaba helada.

Si tú fueras ese osito que salió a pasear,
¿no buscarías un sitio para poder descansar?

El osito vio un agujero. Era negro y muy profundo
y, como estaba cansado, decidió entrar un segundo.

—Lo siento —dijo la zorra—, aquí no tenemos sitio.
Esta es mi madriguera donde duermen mis zorritos.

El osito se alejó
y llegó a un árbol muy grande.
¿Podría meterse dentro
y que no le viera nadie?

Mamá búho apareció.
—Ay, no, no —dijo—. Ni hablar.
Aquí duermen mis buhitos.
No cabe un oso polar.

El osito suspiró y siguió por su camino.
—Yo solo quiero un hogar —decía el pobre con frío.

Y de pronto, a lo lejos,
en medio de la ladera,
vio una casa de ladrillos
que tenía chimenea.

Se asomó a la ventana
y al ver el fuego dorado,
pensó que, una vez dentro,
estaría resguardado.

Luchó contra el viento frío que le pegaba en la cara
y consiguió abrir la puerta de aquella casa templada

Vio unos troncos que ardían en medio de la hoguera.
Bajo la luz de sus llamas brillaba la sala entera.

Había una niña pequeña mirando por la ventana,
asomada de puntillas, frente a la colina nevada.
El osito, al observarla, pensó que se aburría.
Si ella quería, le haría compañía.

La niña oyó un ruido y se giró muy despacito.
A unos pasos de ella, se encontró al pobre osito.

Se acercó muy sonriente y lo tomó entre sus brazos.
¡Qué feliz estaba ahora que le daban abrazos!

La niña enseñó al osito a jugar a un montón de juegos.
También leyeron un libro, sentados junto al fuego.
Así pasaron la tarde y el osito adormilado
pronto empezó a roncar porque estaba agotado.

Subieron las escaleras. El día llegó a su fin.
Tenían que prepararse. Era hora de dormir.

La niña envolvió al osito con una manta de cuadros.
Subieron a la cama y juntos se acurrucaron.

Ambos durmieron contentos,
la niña y el osito tierno,
los dos mejores amigos
en un día frío de invierno.